AF454501

VENTE APRÈS DÉCÈS

DEUX TABLEAUX

PAR

Corot & Fragonard

CATALOGUE

DE

DEUX TABLEAUX

Castel-Gandolfo, par COROT

Le Contrat, par FRAGONARD

DONT LA VENTE PAR SUITE DE DÉCÈS

AURA LIEU A PARIS

HOTEL DROUOT, SALLE N° 7

Le Vendredi 5 Juin 1908, à quatre heures

COMMISSAIRE-PRISEUR
Mᵉ MAURICE COUTURIER
7, rue Scribe
PARIS

EXPERT
M. JULES FÉRAL
7, rue Saint-Georges
PARIS

EXPOSITIONS :

PARTICULIÈRE : *Le Jeudi 4 Juin 1908, de 2 heures à 6 heures.*
PUBLIQUE : *Le Vendredi 5 Juin 1908 (Jour de la vente), de 2 heures à 4 heures.*

CONDITIONS DE LA VENTE

Elle sera faite au comptant.

Les adjudicataires paieront *dix pour cent* en sus des enchères.

Paris. Imp. de l'Art, Ch. Berger et Cie, 41, rue de la Victoire.

C. COROT

DÉSIGNATION

COROT
CAMILLE
PARIS, 1796-1875

1 — *Castel-Gandolfo.*

Au bord du lac Albano, dont les eaux claires s'étendent à l'horizon, un couple danse dans une prairie. L'homme en chemise blanche, bonnet rouge, un poing sur la hanche, tient par la main sa compagne vêtue d'une robe brune à manches bleues, jupon court, un fichu jaune sur la tête. Une femme assise sur l'herbe les accompagne en pinçant de la guitare. A gauche, une masse sombre d'arbustes d'où s'échappent un vieil arbre à la ramure touffue, des bouleaux et d'autres arbres frêles, inclinés sous le vent. Plus loin, la ville en perspective avec le dôme de l'église, les vieux murs et les tours. Dans le fond, des monts enveloppés de brume sous le ciel vaporeux, argenté par le soleil d'une matinée de printemps.

Signé à droite.

Toile. Haut., 49 cent.; larg., 65 cent.

FRAGONARD

JEAN-HONORÉ.

GRASSE, 1732-1806

2 — *Le Contrat.*

Dans un intérieur du temps de Louis XVI. une jeune femme est debout. en robe de satin blanc, décolletée, les cheveux blonds bouclés ornés d'un ruban bleu, les yeux baissés, abandonnant ses deux mains dans la main d'un jeune homme assis. vêtu d'un gilet de soie marron, d'une culotte de satin blanc, le haut du corps renversé sur le dossier de son siège. les yeux fixés amoureusement sur sa fiancée, et tenant une plume pour la signature du contrat étalé sur un bureau enrichi de bronzes.

A gauche. un manteau de soie rose doublé de fourrure blanche est posé sur un divan.

Dans le fond. un paravent est ouvert devant un meuble à hauteur d'appui sur lequel on remarque un vase de fleurs. Deux tableaux en grisaille sont accrochés aux murs : l'un représente le *Verrou*. l'autre l'*Armoire*.

Toile. Haut.. 45 cent. ; larg., 55 cent.

(Vente d'Hautpoul. juin 1905.)

Ce tableau, d'un fini précieux, dont le maître n'était pas coutumier et qui pourrait laisser croire à la collaboration de Mlle Gérard, a été gravé par Blot.

Cité par Charles Blanc. comme faisant partie de la collection Jules Duclos, et ayant orné précédemment la chambre à coucher du comte de Perregaux.

Acheté à M. Jules Duclos le 29 avril 1856 par M. le comte d'Hautpoul.

Cité par le baron R. Portalis dans l'*Œuvre de H. Fragonard*.

Cité par G. Bourcard dans le *Guide de l'Amateur d'Estampe*.

A figuré. en 1874, à l'*Exposition des Alsaciens-Lorrains*.

FRAGONARD